Une Aubergine pas comme les autres

Roselyne Cazazian

Hurtubise

Catalogage avant publication de Bibliothèque et Archives Nationales du Québec et Bibliothèque et Archives Canada

Cazazian, Roselyne

Une Aubergine pas comme les autres

(Aubergine ; 1)
Pour enfants de 3 ans et plus.

ISBN 978-2-89647-182-9

I. Titre.

PS8605.A98A92 2009   jC843'.6   C2009-941017-6
PS9605.A98A92 2009

Les Éditions Hurtubise bénéficient du soutien financier des institutions suivantes pour leurs activités d'édition :

– Conseil des Arts du Canada ;
– Gouvernement du Canada par l'entremise du Programme d'aide au développement de l'industrie de l'édition (PADIÉ) ;
– Société de développement des entreprises culturelles du Québec (SODEC) ;
– Gouvernement du Québec par l'entremise du programme de crédit d'impôt pour l'édition de livres.

Illustrations : Roselyne Cazazian
Éditrice jeunesse : Sonia Fontaine
Graphisme et mise en page : René St-Amand

Copyright © 2009 Éditions Hurtubise inc.

ISBN 978-2-89647-182-9

Dépôt légal : 4e trimestre 2009
Bibliothèque et Archives nationales du Québec
Bibliothèque et Archives du Québec

Diffusion-distribution au Canada :
Distribution HMH
1815, avenue De Lorimier,
Montréal (Qc) H2K 3W6
Téléphone . (514) 523-1523
Télécopieur : (514) 523-9969
www.distributionhmh.com

Diffusion-distribution en Europe :
Librairie du Québec/DNM
30, rue Gay-Lussac
75005 Paris France
www.librairieduquebec.tr

Réimprimé à Singapour en mars 2010.

www.editionshurtubise.com

*À mes parents, Agop et Florette, mon grand frère Adrien (le vrai Kiko !),
mon neveu Eric, ma nièce Katya et son fils Keenan.*

Par un beau samedi matin ensoleillé,
Yasmine se lève de bonne heure
et de bonne humeur.

Ce jour-là, elle va mettre la jolie **barboteuse** qu'elle a achetée au magasin avec **Mamou** la veille !

Elle fouille dans son placard
et retrouve son vêtement,
tout **neuf**, tout beau.

Elle l'enfile **rapidement** et s'admire dans le miroir.

C'est l'heure du déjeuner, Yasmine court au jardin avec son chien Tatou pour montrer sa nouvelle barboteuse violette à toute la famille.

— Ah ! comme tu es belle ! dit Mamou.
Yasmine se trouve très coquette.

—Ha ! comme
tu es comique !
dit Kiko. Tu as l'air
d'une **aubergine** !

Yasmine, gênée, se met à **rougir**.
Est-ce que son frère se moque d'elle ?

Hier soir? Yasmine essaie de s'en souvenir...
Hier soir, on a mangé...

des chiches-kebabs...

des pitas...

du fromage blanc avec
des **olives noires...**

du **melon d'eau...**

et on a mangé...

du baba ganoush !

C'est ça,
une **aubergine** ?

Mais non, **calme—toi**, voyons !
dit **Mamou**.

Tu iras voir
à la cuisine,
il y a une
aubergine
sur la table.
Maintenant,
**cesse
de bouger**
et laisse-moi
te coiffer!

Quand Mamou a fini de natter sa touffe
de cheveux **rebelles**, Yasmine court
à la cuisine pour voir l'aubergine.

Là, sur la table, repose un **étrange** fruit
qui ne ressemble pas du tout à de la purée,
et encore moins à Yasmine.

Prenant en main ce fruit bizarre, elle se précipite dans sa chambre et s'arrête devant le miroir.

Elle se regarde longuement, mais ne comprend toujours pas comment elle pourrait ressembler à ce gros fruit **violet !**

Soudainement,
la ressemblance
lui apparaît.
Dans sa nouvelle
barboteuse violette,
elle est de la même
couleur et de la
même forme que
l'aubergine...
et elle se met à rire.

Depuis ce jour-là, on l'appelle Aubergine...
Depuis ce jour-là, elle met ce qui lui plaît !
Elle s'aime telle qu'elle est :

unique...

et exotique...

de la tête aux pieds !

Elle est une
Aubergine

pas comme
les autres !

Depuis qu'elle a trois ans, **Roselyne Cazazian** dessine partout, tout le temps. Artiste aux nombreux talents, elle a été portraitiste, elle a fait du *airbrush*, de la murale, puis elle s'est spécialisée dans le graphisme de mode. Depuis une dizaine d'années, l'illustration numérique est sa passion.

Après en avoir rêvé pendant plus de vingt ans, elle donne naissance à **Aubergine**. Conçu au crayon et réalisé par ordinateur, ce personnage a beaucoup évolué au fil du temps. Aubergine, cette fillette qui veut tout vivre et qui n'a peur de rien, c'est elle, c'est son enfance vécue et imaginée. C'est l'enfant qu'elle n'a jamais eu, mais qu'elle connaît si bien...

À lire aussi : *Ce n'est qu'un nuage, Aubergine.*